214887

c o l l e c t i o n

D0587753

▼

Romans jeunesse

Éditions HRW
Groupe Éducalivres inc.
955, rue Bergar
Laval (Québec) H7L 4Z6
Téléphone : (514) 334-8466
Télécopieur : (514) 334-8387

Déjà parus dans cette collection :

Perfecto

▼

Michèle Fraser

Perfecto
Fraser, Michèle
Collection L'Heure Plaisir Tic•Tac

Directeur de la collection : Yves Lizotte
Illustrations : Jules Prud'homme
Illustration de la couverture : Brigitte Fortin

© 1995, **Éditions HRW** ■ Groupe Éducalivres inc.
Tous droits réservés

ISBN 0-03-926933-7
Dépôt légal – 1er trimestre
Bibliothèque nationale du Québec, 1995
Bibliothèque nationale du Canada, 1995

Imprimé au Canada
1 2 3 4 H 98 97 96 95

Table des chapitres

▼

Liste des personnages de ce récit

▼

Au besoin, consulte cette liste pour retracer l'identité d'un personnage.

Personnages principaux :

Philou : jeune propriétaire d'un blouson de cuir tout neuf.

Chiclet : le meilleur ami de Philou.

Personnages secondaires :

La Puce : une camarade de classe de Philou et de Chiclet.

Mme Millefeuille : une dame agée, cliente de Philou.

Le photographe
Une bande de malfaiteurs

L'agent Martinez : le policier chargé de l'enquête.

Le Chat : une bête énigmatique, qui s'est prise d'affection pour Philou.

Chapitre 1

Une photo sensationnelle

Tous les jours, après la récréation, Mme Lefrançois, notre institutrice, donne une dictée. Pendant qu'elle prépare ses affaires, je regarde par la fenêtre pour voir le Chat.

J'ai eu ce chat en même temps que mon œil au beurre noir, le jour où la bande à Gros-Bras m'a tendu un piège. Pour éviter d'être massacré, je m'étais caché dans une grosse poubelle puante.

Le ciel était plein d'étoiles. Il y en avait même une qui tombait... une étoile filante. Quand j'ai voulu sortir de ma cachette, la poubelle d'à côté s'est mise à osciller dangereusement. J'étais mort de peur : c'était certaine- ment Gros-Bras qui m'attendait pour me régler mon compte.

Mais non, c'était le Chat! Il a dé- gringolé dignement de sa poubelle et m'a regardé droit dans les yeux. Nous sommes rentrés ensemble, et depuis, il est toujours là, près de moi. Même s'il ne se montre pas, je sais qu'il rôde aux alentours.

Dans la cour de l'école, il y a un grand saule qui monte jusqu'à la fenêtre de ma salle de classe. Souvent, le Chat y grimpe pour faire peur aux oiseaux. Il lui arrive même de sauter sur le rebord de la fenêtre pour écouter la dictée.

Mme Lefrançois affirme que les dictées sont très efficaces pour « fortifier la langue », comme une sorte de vitamines. Mais je crois qu'elle ne dit pas toute la vérité. À mon avis, elle aime les dictées parce qu'elles sont très reposantes ! Pour moi, elles sont d'un ennui mortel. Le Chat s'endort à tous les coups ! Tout le monde somnole un peu. Il ne se passe rien. La monotonie n'est brisée que par le bruit d'un crayon qui tombe par terre, de temps à autre. C'est super reposant, pour une institutrice !

Mais il y a des jours où Mme Lefrançois doit se contenter d'une partie de dictée, un quart, ou une moitié. Ce fut le cas aujourd'hui. À la septième ligne, au mot « aéroplane », quelqu'un frappait à la porte... On a tous levé la tête. Tous les crayons se sont arrêtés d'écrire, tous les « aéroplanes » sont restés en l'air... C'était le photographe !

Il était déjà venu la semaine dernière. Le directeur l'avait engagé pour nous photographier. Il avait apporté son matériel de photographe : un appareil photo avec plusieurs objectifs, des lampes, un écran gris foncé qu'il a déroulé derrière nous... Il travaillait rapidement et nous donnait ses consignes en agitant nerveusement les mains. Il avait un visage long et mince comme une lame de couteau et une voix grave, ennuyeuse comme une retenue. Ce fut beaucoup moins amusant qu'on s'y attendait...

En entrant dans la classe au beau milieu de la dictée, il nous a à peine regardés. Ses petits yeux noirs, enfoncés sous d'épais sourcils, ont tout de suite plongé dans la grande enveloppe brune qui contenait nos photos.

D'abord, il a remis à chacun une photo de groupe. Mme Lefrançois fait elle aussi partie de la photo. Mais elle se trouve à gauche, un peu en retrait, pour ne pas qu'on la confonde avec ses élèves.

Toute la classe sourit de toutes ses dents. Sauf Chiclet, qui se croit anormalement grand. Je lui ai répété au moins un million de fois qu'il est bien plus intéressant d'être anormalement grand que normalement petit. On peut s'adonner à toutes sortes de sports et être champion olympique. Mais le sport, ça ne lui dit rien, à Chiclet, et il ne me croit pas. Alors, pour la photo, il a rentré son cou le plus possible entre ses deux épaules. Ça lui fait une bosse dans le dos et un double menton. On ne voit pas ses dents. Il a plutôt l'air de les avoir avalées, ses dents !

La Puce non plus ne sourit pas.

Dans son cas, ce n'est pas une question de taille, mais de vitamines. Elle est très forte en dictée. Elle a la langue « hyper-fortifiée » et tellement vigoureuse qu'elle ne peut pas s'empêcher de parler ! Alors, évidemment, sur la photo, elle a la bouche ouverte... Quant à moi, je suis tout à fait droit et très souriant.

Ensuite, le photographe a commencé à distribuer les photos individuelles, celles où l'on est seul sur la photo. J'attendais fébrilement la mienne, parce que, sur cette photo, je portais ma nouvelle veste de cuir, mon Perfecto !

J'ai dû patienter jusqu'à la dernière minute. Le directeur a sonné la fin des cours. Le photographe nous a dit au revoir, puis il m'a remis ma photo.

Elle est sensationnelle ! Tout y est : le vrai cuir noir, la belle motocyclette sur la boucle de la ceinture, les fermoirs luisants aux poignets et aux poches, et les deux grands revers bordés, eux aussi, d'un gros fermoir brillant! J'ai fait imprimer mon nom au dos, en grosses lettres blanches: PHILOU. Ça ne se voit pas sur la photo, mais quand je me promène dans le quartier, tout le monde sait que c'est moi!

Vraiment géniale, cette photo!

– Dis donc, la vedette, tu as bientôt fini de t'admirer?

Chiclet commençait à s'impatienter. J'ai rangé la photo entre les pages de mon livre de mathématique.

Nous étions les derniers à quitter la classe.

Chapitre 2

Au voleur !

La salle où l'on range nos vêtements est tout en long, comme un corridor, avec une porte à chaque bout,
mais dans des coins opposés. Nous
n'avons vu personne lorsque nous y
sommes entrés. Le silence y régnait.
Tout à coup, bang ! On a entendu un
bruit métallique... comme une porte
de case qui résonne ! Avant même que
j'aie compris quoi que ce soit, mes

neurones se sont mis à carburer, à pleine puissance! Ma case se trouve dans la troisième rangée, à droite de la première porte. J'ai bousculé Chiclet pour l'écarter de mon chemin et j'ai foncé.

Ma case était ouverte! La porte se balançait mollement sur ses pentures.

À ce moment-là, j'ai entendu un bruit de pas précipités, au bout de ma rangée. J'ai tourné la tête. Une paire de Dr. Martens rouge cerise tournaient à gauche à toute vitesse. Ces chaussures-là semblaient vraiment pressées d'atteindre la deuxième porte, celle qui donne sur l'escalier central.

C'est alors que j'ai regardé à l'intérieur de ma case...

– Mon Perfecto! On l'a pris! Au voleur!

Pour ne pas être en reste, Chiclet s'est mis à crier de sa voix de gorge :

– Au secours ! Au secours !

– C'est inutile. Il n'y a plus personne !

Je me demande bien pourquoi le directeur s'entête à nous faire faire des « exercices de feu ». Il n'y a qu'à sonner la fin des cours, et l'école se vide instantanément !

– Vite, Chiclet ! On va le rattraper en passant par l'escalier de secours !

Trente-six marches en pente raide, à dévaler, deux par deux dans mon cas, trois par trois dans le cas de Chiclet, sans piquer du nez... Dix-sept... dix-huit... Nous y étions arrivés.

Le soleil de l'après-midi nous a éblouis un peu. Tout en essayant de reprendre haleine, nous avons scruté la cour de l'école d'un œil de détective professionnel.

Nous les avons vus ! Les souliers rouges venaient d'enfourcher une motocyclette rutilante. Ils quittaient la cour dans un épais nuage de gaz d'échappement et un vrombissement d'enfer!

Chiclet et moi, nous sommes vraiment copains. On s'est regardé. On a pensé en même temps : « Ça ne se passera pas comme ça! » Nous avons couru vers nos bicyclettes avec la même détermination.

Toutes les bicyclettes sont stationnées au fond de la cour. Il a fallu contourner l'école et louvoyer entre les autobus scolaires. On ne voyait plus la moto, mais on se fiait à nos oreilles, pour la suivre. Nous étions convaincus de la retrouver dès que nous aurions gagné le boulevard.

Nous nous trompions. Non seulement on ne la voyait pas sur le boulevard, mais on ne l'entendait plus! Les pétarades de la Honda s'étaient perdues dans le tintamarre de la circulation : klaxons agressifs, silencieux crevés, embrayages ronflants. Fallait-il aller vers le nord ou vers le sud ? Nous hésitions pathétiquement... Chaque seconde perdue pouvait anéantir nos chances de retrouver ma veste !

Un gros camion de la compagnie Vachon a brusquement viré à gauche. J'ai crié :

– La voilà !

Nous sommes remontés en selle plus vite que Lucky Luke lui-même quand il débusque un Dalton ! Et nous avons pédalé, mollets crispés, mains soudées aux guidons des vélos.

– Il ne faut pas trop nous approcher, il pourrait nous repérer, a suggéré Chiclet.

– Tu as raison. Notre seule arme est la surprise. Il ne faut pas qu'il sache qu'il est suivi.

Nous avons convenu de maintenir

une distance d'environ quinze mètres, l'équivalent de trois voitures de longueur moyenne. La moto respectait tous les stops et les feux rouges. Nous perdions du terrain entre les arrêts, mais nous en regagnions aux intersections... à condition de maintenir une vitesse olympique! Quand la circulation devenait trop dense, nous roulions sur le trottoir. Quand il y avait trop de piétons, nous retournions sur la chaussée.

À un moment donné, nous avons dû rouler sur la terrasse d'un restaurant pour éviter de foncer dans un groupe d'élèves qui rentraient chez eux en se bousculant.

J'ai bien failli écraser le Chat! Il a surgi sous mes roues sans crier gare, avec son oreille coupée, son poil en bataille et ses moustaches insolentes. J'ai fait un crochet à la dernière seconde. Je suis passé à un cheveu des élèves qui m'ont montré le poing, puis à un poil des clients du restaurant qui ne se sont pas gênés :

– Dégage, moucheron, c'est un restaurant, ici, pas une piste cyclable !

Mais j'étais déjà loin, toute mon attention de nouveau concentrée sur la moto.

J'ai un peu ralenti pour essuyer la sueur qui me brûlait les yeux. J'avais la poitrine qui chauffait, elle aussi. Je commençais à craindre que la moto ne se dirige vers l'autoroute. Si elle quittait la ville, finie la poursuite, adieu Perfecto !

Mais la Honda a plutôt quitté le boulevard pour s'engager dans une rue transversale, beaucoup plus tranquille. J'exultais :

– Hourra ! On l'aura, ce pilleur de case !

Chapitre 3

Deux indésirables

J'avais mal évalué la situation. Dans une rue tranquille, la circulation est beaucoup plus fluide. Tout ce qui roule peut rouler à sa guise ! Le motard s'est mis à accélérer. Il roulait comme un fou, en un sprint infernal ! Nous essayions férocement de le suivre, mais nous perdions du terrain à chaque tour de roues.

Encore quelques dizaines de

mètres d'un effort désespéré, cruellement inutile... et la filature prendrait fin, faute de cible.

Et puis, la chance nous a souri. Le motard s'est engagé dans la rue Chambord, un cul-de-sac ! Il a progressivement ralenti avant de s'immobiliser devant une propriété entourée d'une haute clôture de planches. Celle-ci etait tellement haute et serrée, qu'on distinguait tout juste le toit de la maison. Nous avons ralenti aussi, pour adopter une allure plus « touristique »...

Le motard est descendu de son engin. Il a ouvert la grille, puis il a remis la moto en marche pour franchir la clôture. Nous ne le quittions pas des yeux, mais nous ne pouvions pas voir son visage. À cause de la distance et du soleil qui nous aveuglait, nous ne distinguions que sa silhouette élancée, filiforme, même.

Il est revenu fermer la grille à double tour avant de se diriger vers la maison. Un chien a aboyé.

Nous avons caché nos bicyclettes de l'autre côté de la rue, derrière une rangée d'arbustes. Malgré le rythme endiablé de la poursuite, j'avais échafaudé un plan :

– Premièrement, nous longeons la propriété jusque derrière la maison, avant d'escalader la clôture. Deuxièmement, on entre par derrière pour ne pas attirer son attention. Troisièmement, on lui saute dessus, on récupère mon Perfecto et on déguerpit à la vitesse du son. Compris ?

Chiclet n'est pas fort en matière de stratégie, et mon plan ne lui plaisait qu'à moitié. Il a dégluti péniblement avant de répondre :

– Compris.

Nous parcourons un bon bout de chemin le long de la clôture, dans le foin et les bardanes. Je marche devant. Chiclet suit, plié en deux : il se croit plus grand que la clôture. Puis, on se relève et on escalade la clôture avec une souplesse d'Apache.

Le propriétaire des lieux ne semble pas être un adepte de la tondeuse à gazon. Ça nous arrange bien. Ça nous permet en effet de ramper discrètement entre les arbustes et parmi les longues herbes. Nous rampons, laborieusement, en nous appuyant sur les avant-bras.

Brusquement, Chiclet me décoche un coup de coude pointu entre les côtes. Il étire dramatiquement le cou vers l'avant, ce qui n'est pas dans ses habitudes : il a plutôt l'habitude de le rentrer, son cou. Je lève les yeux dans la direction qu'il m'indique en faisant de petits mouvements saccadés du menton. Quelle horreur ! Je découvre, avec stupeur, une énorme niche, une

lourde chaîne et un énorme chien !
C'est un monstre tout noir, arc-bouté
au sol de ses quatres pattes ! Devant
lui se tient le Chat, superbe, flegma-
tique et arrogant.

Chiclet est furieux et murmure
entre les dents :

– Si ce monstre ne l'étripe pas, ton
débile de chat, je le ferai moi-même !

Je hausse les épaules. Le Chat ne
risque rien. C'est un chat de combat
qui adore les chiens de tous formats !

Chapitre 4

Ça alors !

La situation s'envenime rapidement. Le chien montre les crocs. Le
Chat sort les griffes. Sûr de sa force,
le monstre se rue vers le Chat.
Lorsqu'il arrive au bout de sa chaîne,
la niche avance de quelques centimètres. Le Chat arrondit le dos, prêt
à bondir, toutes griffes dehors.
L'attaque est imminente. Le chien
grogne, aboie, renâcle et hurle à

pleins poumons !

Nous n'avons pas le temps de changer de stratégie, alors on se fait le plus mince possible en s'étirant au maximum entre les herbes. Ça sent le foin et la terre humide.

Nous sommes toujours immobiles, quand la porte de la maison s'ouvre brusquement. Les souliers rouges surgissent sur le perron !

L'homme fait quelques pas sur le terrain, en direction du Chat :

– Fous le camp d'ici, sale bête !

Cette voix... ennuyeuse comme une retenue...

L'homme hésite un instant... il inspecte la cour. Puis les souliers rouges tournent lentement sur eux-mêmes. Ils s'arrêtent... au moment même où ils pointent dans notre direction !

C'est alors que je l'ai vu !!! Lui... le photographe ! Planté bien droit dans ses Dr. Martens !

Je n'aurais jamais cru qu'on pouvait ramper aussi vite à reculons! On a regagné la clôture en un temps record, sans respirer. Nos yeux sont restés fixés sur les souliers, sans même un battement de cils!

Chiclet a franchi la clôture au premier essai. Moi, je suis resté accroché. Chiclet m'a agrippé par un bras et m'a tiré vers le bas sans ménagement. J'y ai laissé un bout de t-shirt et un morceau de peau. Mais j'étais en vie quand je me suis retrouvé au sol. Le mot d'ordre : courir!

On s'est un peu détendu lorsque nous nous sommes retrouvés à l'abri des arbustes, prêts à disparaître sur nos vélos, si nécessaire. Nous étions mignons, avec nos piquants de bardanes et nos fleurs de pissenlits dans les cheveux! On les a enlevés minutieusement. On a compté nos écorchures. J'en avais quatre; Chiclet, deux seulement. C'est à cause de ses jambes, il enjambe les obstacles tandis que je dois foncer dedans.

Chiclet n'en finissait pas de répéter :

– Ça alors... Ça alors...

Moi, j'avais retrouvé un peu de lucidité :

– Ce n'est sûrement pas ici qu'il développe ses photos. Il n'y a pas la plus petite enseigne annonçant un studio...

Chiclet était enfin parvenu à endiguer le flot des « Ça alors ».

– C'est peut-être sa maison.

Ça ne me paraissait pas très vraisemblable :

– Peut-être... Mais il fait presque nuit. Tous les rideaux sont tirés, et il n'y a pas la moindre lumière à l'intérieur... Tu as vu le terrain ? On dirait plutôt une maison inhabitée.

– En tout cas, il a la clé. Et il est

prudent. Il a verrouillé la grille aussitôt après l'avoir traversée.

– Tu te rends compte ? Un photographe qui habite une maison inhabitée et qui vole des vestes trop petites pour lui...

Chapitre 5

L'agent Martinez

J'avais mal dormi. La tête enfouie sous mon oreiller, j'ai même pleuré un peu de rage et d'impuissance. Je n'ai rien dit à mes parents, pas encore...

Je portais ma vieille veste en nylon pour aller à l'école et j'en voulais au monde entier.

Mme Lefrançois m'attendait à la porte de la classe :

– Philou, quelqu'un t'attend dans

le bureau du directeur. Vas-y tout de suite.

La Puce, qui entrait en coup de vent, m'a accosté :

– Salut, Philou ! Où vas-tu comme ça ?

– Ça ne te regarde pas. Dégage.

Elle m'a tiré la langue. Je lui ai tiré les couettes.

Je suis entré sans saluer dans le bureau du directeur. Je me suis assis sans y être invité, en fixant intensément le bout de mes chaussures. Je n'ai pas vu le policier tout de suite. Le directeur a fait :

– Hum, hum... Philou, voici l'agent Martinez. Réponds franchement à ses questions, mon garçon.

L'agent Martinez était un policier en uniforme, avec casquette, pistolet et tout.

On l'avait peut-être retrouvé... La police voulait peut-être savoir si ce

Perfecto était vraiment le mien... Je reprenais espoir.

– J'aimerais qué tu mé fasses voir ta veste...

L'agent Martinez avait un drôle d'accent espagnol et une moustache pointue dont il tournait un bout entre deux doigts. Je ne savais pas comment il faut regarder un policier. Alors j'ai regardé le bout de sa moustache, celui qu'il torturait, et j'ai bredouillé :

– Je ne l'ai pas... euh, plus...

– Tu né l'as pas ou tu né l'as plus ?

– On me l'a volée, hier après-midi. C'est le photographe, j'en suis sûr.

Le policier s'est mis à brosser sa moustache à contre-poil :

– Tu as vu un photographe prendre ta veste ?

– Pas exactement. Mais j'ai vu ses souliers !

Il m'a regardé d'un air bizarre,

avant de noter quelque chose dans son carnet. Puis, l'interrogatoire a changé de direction :

– Est-ce qué tu connais par hasard Mme Millefeuille ?

Sa question était tellement hors de propos que je suis resté figé, la bouche ouverte, comme la Puce, sur la photo.

Je me suis ressaisi enfin et j'ai réussi à articuler :

– C'est une vieille dame qui habite à deux rues de chez moi. Je fais des courses pour elle.

– Elle paie bien ?

Ça, c'était le comble ! Au lieu de courir après un voleur, ce policier stupide s'intéressait à mon argent de poche !

– Mme Latendresse donne davantage. Mais, ça va.

Il a encore pris quelques notes avant de poursuivre, d'une voix pleine de sous-entendus :

– Où étais-tu, hier soir, entre dix-neuf et vingt heures ?

– Dans ma chambre.

– Quelqu'un est venu pour té voir ? Quelqu'un t'a appelé, au téléphone ?

– Non, personne... Qu'est-ce qu'elle a Mme Millefeuille ?

– Des ennuis. Cé séra tout. Tu peux retourner en classe.

J'étais vraiment soulagé que l'entretien soit terminé. Mais avant de sortir, je me suis retourné pour demander :

– Est-ce que vous allez le retrouver... mon Perfecto ?

– Pour ça, tu peux compter sur moi, mon garçon.

J'aurais dû être satisfait. Tout irait bien, la police s'occupait de mon affaire... Mais au lieu de ça, les paroles de l'agent me donnaient froid dans le dos. J'ai commencé à avoir peur...

J'avais tout à coup l'impression inexplicable d'être soupçonné, accusé... Accusé? Je ne m'étais pas volé moi-même, quand même!

La journée a été interminable, et catastrophique jusqu'à la dernière minute.

Pendant la partie de ballon, j'ai compté un point dans le panier de mon équipe! La Puce est la seule fille de notre équipe et elle déteste perdre. Elle ne m'a pas raté:

– Avec des équipiers comme toi, on n'a pas besoin d'adversaires!

J'ai fait dix fautes dans la dictée. J'aurai donc le plaisir de la récrire au complet ce soir, purgée de toutes ses fautes... Mme Lefrançois ne rigole pas avec l'orthographe!

Mais quand la fin des cours a sonné, ma décision était prise. Il fallait que je sache ce que Mme Millefeuille avait bien pu inventer...

Chapitre 6

Rue des Peupliers

Les maisons de la rue des Peupliers sont en brique rouge. Elles ont toutes un ou deux étages et des boîtes à fleurs aux fenêtres. Beaucoup de gens âgés demeurent dans cette rue, à cause du dépanneur et de l'église qui sont tout près.

Mme Millefeuille habite au rez-de-chaussée d'un petit duplex. Mme Latendresse habite au-dessus.

En face, c'est le père Ouellet et sa femme. Ils sont tous mes clients, surtout les jours de mauvais temps.

Mme Millefeuille est sans contredit la plus costaude et la plus bavarde de tous. Personne ne veut lui faire ses courses, parce qu'elle raconte partout qu'on est des voyous et qu'on ne lui rend pas toute sa monnaie. Moi, je la laisse dire, parce qu'elle a souvent besoin de moi. Il lui manque régulièrement quelque chose : un demi-kilo de beurre, une boîte de cacao...

Elle paie vingt-cinq cents à chaque course. Sans le savoir, elle a fortement contribué à l'achat de mon Perfecto, un vêtement « de luxe ». Si je veux me procurer un objet de luxe, mes parents insistent pour que je paie ma part. Quand j'ai acheté ma veste, ce règlement incontournable m'a coûté vingt dollars, toutes mes économies !

Arrivé chez Mme Millefeuille, j'ai sonné, une fois. Pas de réponse... Deuxième essai... même résultat. Contrarié, j'allais renoncer, quand j'ai entendu la canne de Mme Millefeuille marteler le plancher de bois. Comme elle allait ouvrir la porte, j'ai ouvert moi-même. Elle avait ses bigoudis habituels, mais une tête effroyable, tout à fait inhabituelle, gonflée sur les côtés et allongée vers le haut : on aurait dit un ballon de football, blanc d'un côté, violacé de l'autre.

– C'est moi, madame Millef...

Je n'ai pas eu le temps de me rendre au bout de son nom... Sans aucun avertissement, elle m'a balancé un coup de canne dans le ventre ! J'ai reculé sous le choc, en me pliant en deux pour parer un nouvel assaut.

J'ai eu raison car ce n'était qu'un début. Mais la manœuvre fut nettement insuffisante : les coups se sont mis à pleuvoir. J'ai encaissé une taloche en plein visage et un vigoureux coup de pied au tibia. Puis, la furie s'est déchaînée : une charge de cent kilos m'a envoyé rouler par terre! La violence de l'attaque m'a complètement sonné. Je suis demeuré affalé sur le seuil de la porte, attendant la suite avec une sorte de résignation incrédule.

J'essayais d'articuler : « Qu'est-ce qui vous prend? » mais dans ma tête, il n'y avait que des bips-bips idiots...

Les cent kilos ont finalement piqué une crise de nerfs. Ils se sont précipités dans la rue en hurlant :

– Au secours! Au secours!

M. Ouellet, qui fumait sa pipe sur son balcon, a bondi de sa chaise berceuse, comme un diable à ressorts :

– Vite! Anna, appelle la police! Mme Millefeuille vient d'être attaquée une seconde fois. Par ici, madame Millefeuille, nous sommes là...

M. Ouellet volait au secours de sa voisine, avec toute la vaillance de ses soixante-dix ans. Ça me laissait donc un certain répit. Je me suis relevé aussi rapidement que possible. Des questions se bousculaient dans ma tête, mais ce n'était pas le moment de les poser : la rue des Peupliers était devenue folle !

Mme Latendresse, à l'étage au-dessus, brandissait les poings en vociférant :

– Si c'est pas malheureux ! S'en prendre à des gens âgés ! Tu ne t'en tireras pas comme ça...

– C'est le jeune Philou ! a glapi une autre voix chevrotante.

Le Chat lui-même est devenu nerveux. Il balançait frénétiquement la queue de droite à gauche, signe, chez lui, de grande perplexité.

– Je vais vous l'attraper par la peau du cou, moi, ce petit voyou !

C'était M. Laforce, réputé pour sa poigne de fer.

J'ai eu tout à coup un sursaut d'énergie et j'ai filé, renonçant définitivement à toute explication.

Je ne me suis pas retourné. Leur fureur et leurs menaces grondaient autour de moi. Qu'est-ce qu'ils avaient, tous ?

Chapitre 7

Mauvaise nouvelle

Personne ne m'a attrapé. On ne m'a pas suivi. Mais j'étais inquiet et profondément troublé : quand une rue pleine de personnes âgées perd la tête, il peut arriver n'importe quoi !

Le Chat et moi sommes rentrés directement à la maison. La journée avait été pénible et les émotions, ça creuse l'appétit !

Poil de chat ! Je n'avais pas franchi

le seuil de la maison, qu'une odeur pénétrante me soulevait l'estomac ! Ma mère et moi, nous nous entendons tout à fait bien, sauf en matière de cuisine. Elle raffole du poisson, et ça se « sent » au moins trois fois par semaine dans toute la maison !... Elle rivalise d'astuces pour camoufler du poisson partout : dans les pizzas, dans les crêpes, dans les pâtés... Mais l'odeur, ça ne trompe pas !

Aussitôt après avoir détecté l'odeur caractéristique, je file en douce vers le frigo et je rafle discrètement tout ce que je peux trouver de comestible : biscuits, gâteaux, noix, fromage, fruits... Les jours de poisson, je n'ai jamais très faim à l'heure du repas.

Ce n'était pas encore l'heure de manger mais mon père était déjà rentré. Contrairement à son habitude, il n'était ni à la cuisine, en train de composer une salade, ni au sous-sol, occupé à réparer quelque chose. Il était dans le salon, debout près du gros fauteuil de cuir. Il était tellement absorbé par la lecture du journal qu'il n'avait même pas desserré sa cravate.

Dans des circonstances normales, mon père parcourt le journal de la première à la dernière page avant d'émettre des commentaires. Mais ce jour-là, il n'a pas dépassé la page deux, celle des faits divers.

Je poursuivais minutieusement le pillage du frigo quand papa a brusquement interrompu sa lecture. Il semblait profondément troublé par les révélations de la page deux. Il s'est mis à bredrouiller des « Ça alors! Ça alors!... » incrédules et à répétition. Son ton était tout à fait semblable à celui de Chiclet, quand on a découvert le photographe.

– Suzanne! a appelé mon père.

Suzanne, c'est ma mère.

– Tu as lu le journal ? s'est informé papa.

– Pas encore. Fais voir...

Après avoir lu quelques lignes, elle s'est mise à réciter la même litanie, mais d'un ton encore plus désolé.

– Ça alors ! Ça alors !... Dans quel monde vivons-nous ? C'est vraiment épouvantable !

J'ai abandonné mes provisions sur le comptoir de la cuisine pour courir au salon. J'avais très envie de lire la fameuse page deux, moi aussi.

– Ah ! tu es là, Philou. As-tu vu Mme Millefeuille récemment ?

– Je suis passé par la rue des Peupliers en rentrant de l'école. Mme Millefeuille n'avait pas l'air en grande forme ; elle était même plutôt hystérique. Elle avait tout un côté de la tête enflé, comme si elle s'était frappé la tête contre le mur de son duplex !

– Évidemment! La pauvre femme a été agressée hier soir, en revenant de la banque. On l'a frappée avec sa propre canne, avant de l'envoyer rouler sur la chaussée et de lui dérober tout son argent, près de cinq cents dollars!

J'avais peur de comprendre... J'ai commencé à comprendre... J'ai avalé péniblement ma salive avant de demander, d'une toute petite voix :

– Qui a fait ça? Est-ce que c'est écrit dans le journal?

– On n'en sait encore rien. Mais la police croit avoir une piste sérieuse. Elle ne tardera pas à arrêter le coupable. Mme Millefeuille est catégorique : elle affirme qu'il s'agit d'un enfant d'une douzaine d'années. Elle n'a pas vraiment vu son visage, mais le jeune délinquant portait un blouson, un Perfecto, de cuir noir...

Mon père a semblé un moment

plongé dans ses réflexions. Puis il a posé la question fatale, inévitable :

– Cette veste que tu as achetée, c'est bien ça, n'est-ce pas, un « Perfecto » ?

J'ai senti mes cheveux se dresser sur ma tête, un par un. J'avais chaud et froid en même temps. Je suis devenu tout faible et je me suis mis à trembler comme une feuille de peuplier. J'ai laissé tomber mon verre de lait sur la moquette.

– Je suis désolé ! Ne vous dérangez pas, je vais tout nettoyer.

J'ai foncé vers la cuisine, à la recherche d'un chiffon. Je l'ai trempé dans l'eau froide et je m'en suis frotté les tempes, avant de le passer sur la moquette.

Alors, c'était ça ! C'est ce qui expliquait le vent de folie qui soufflait sur la rue des Peupliers et l'accusation diffuse qui brillait méchamment

dans les yeux de l'agent Martinez :
Mme Millefeuille avait reconnu mon
Perfecto !

Chapitre 8

Deuxième essai

– Allô, Chiclet ? C'est Philou. Il faut qu'on y retourne.

– Où, ça ?

– À la maison du photographe.

Chiclet, qui croquait un biscuit, a avalé de travers. Il a une quinte de toux qui m'écorche les oreilles. Quand il réussit à retrouver une respiration normale, il aboie littéralement dans l'appareil.

– Tu divagues ?

Il se radoucit un peu, en pensant sans doute à notre longue amitié :

– Écoute, je suis désolé que tu aies perdu ta veste...

J'ai aboyé à mon tour :

– Pas perdue, volée... On me l'a volée, au cas où tu aurais oublié...

– Ne t'énerve pas... Je suis désolé qu'on te l'ait volée, cette veste. Mais on ne va pas passer notre vie à surveiller cette baraque... C'est l'affaire de la police. Dépose une plainte. C'est ce que mon père a fait quand on a cambriolé son dépanneur...

– C'est déjà fait. Un policier est venu me voir ce matin, à l'école, mais il ne m'a pas cru...

Je lui raconte fébrilement mon interrogatoire, sans oublier cette lueur mauvaise que j'ai très bien vue dans les yeux de l'agent Martinez.

– Ils te croiront, quand ils auront

trouvé le vrai coupable...

– Tu es bouché, ou quoi ? C'est moi, leur vrai coupable ! Mme Millefeuille a été attaquée par un voleur qui portait *mon* Perfecto !

– Euh... qu'est-ce que tu racontes ?

Chiclet semble vraiment dépassé par les événements. De toute évidence, il n'a pas lu le journal...

– C'est écrit dans le journal : Mme Millefeuille a été attaquée par un jeune voyou qui portait un Perfecto. Je suis passé chez elle après l'école ; eh bien, mon vieux, j'ai failli me faire lyncher par ses copains. Le voyou s'est servi de ma veste pour brouiller les pistes ! C'est pour cette raison qu'on me l'a volée !

Chiclet émet un long sifflement en guise de commentaire. S'il n'a pas encore compris, il n'y arrivera jamais.

– Si tu ne veux pas m'accompagner, j'irai seul.

Il hésite encore un peu, comme pour bien mesurer l'importance de sa décision.

– Tu peux compter sur moi.

– Tu es un frère, vieux. Retrouvons-nous là-bas dans une heure.

Chapitre 9

La maison du photographe

Il faisait presque nuit quand nous avons couché nos bicyclettes derrière les arbustes. Nous nous sommes approchés à pas de loup, de la même manière que la veille. Nous avons franchi la clôture à peu près au même endroit. Mon bout de t-shirt n'y était plus.

– Tu as enfermé le Chat ?

– On n'enferme pas le Chat. J'ai lâché trois mulots derrière chez moi. Il en a pour la nuit ; il est fou des mulots.

– Je l'espère...

Chiclet n'est qu'à moitié rassuré. Moi aussi, d'ailleurs. La maison est sinistre, avec sa peinture écaillée et son jardin en friche. Des nuages lourds voyagent dans la nuit et la lune joue à cache-cache. Par moments, il fait noir comme chez le loup. Nous progressons lentement, tandis que les étoiles s'allument et s'éteignent de manière imprévisible. Tout à coup, deux yeux ronds et brillants nous fixent de leur regard menaçant. Chiclet sursaute :

– Le chien ! Tu as pensé au chien ?

– J'ai pensé à tout.

Tout en parlant, j'extirpe de mon sac à dos un énorme jambon avec un os bien juteux. D'une détente vigoureuse, j'envoie l'appât dans les pattes du chien.

– Qu'est-ce que c'est que ça ?

– Un jambon, tiens ! Tu en veux une tranche ?

Trop tard, Chiclet ! Le chien a sauté sur son festin avec de petits grognements gloutons. Il n'est pas si méchant, finalement. Il suffit de savoir s'y prendre avec lui.

La propriété est parfaitement silencieuse. Tous les rideaux sont tirés. Il n'y a pas la moindre lumière. Il n'y a pas de voiture ni de motocyclette non plus. On perçoit seulement la lueur de la lune qui s'échappe de temps à autre de sa forteresse de nuages. Le bruit de la circulation du boulevard nous parvient assourdi.

– Il n'y a personne, murmure Chiclet.

– Essayons d'entrer par une fenêtre du sous-sol.

Il y a quatre fenêtres faciles à ouvrir. Mais elles sont toutes protégées par des barreaux de fer. Même en s'étirant au maximum, on ne passera pas.

Nous essayons les portes, par acquit de conscience. Il est toujours possible qu'on ait oublié de les fermer à clé. Peine perdue. Les portes sont en acier solide et les serrures, parfaitement verrouillées. Restent les fenêtres du rez-de-chaussée. Pour vérifier les plus hautes, je grimpe sur les épaules de Chiclet qui chancelle sous mon poids. Chiclet est grand, mais pas très costaud. Échec, là aussi.

– Tu as ta fronde ?

J'ai posé la question par pure formalité. Chiclet a toujours sa fronde dans l'une de ses poches.

– Lance quelques pierres sur le mur. S'il ne se passe rien, tu casseras un carreau. La plus petite fenêtre, là, ce doit être celle de la salle de bains.

Une dizaine de lancers plus tard, rien n'a bougé. La maison est vraiment vide.

– Vas-y. Casse le carreau.

Et puis, tout à coup, un rayon de lune balaie la porte-fenêtre. Ça me donne une idée.

– Non, attends. Trouve plutôt un bâton ou une grosse branche.

– Facile à dire. On n'y voit rien, tu as remarqué ?

– Et la lampe de poche ? C'est pour les aveugles, peut-être ?

Chapitre 10

La brute et le sosie

Pendant que Chiclet s'exécute, je pousse sur la moustiquaire pour libérer le grillage du cadre. La porte-fenêtre est elle-même impeccablement verrouillée, mais il n'y a pas de barre de sécurité à l'intérieur. Ça devrait marcher : si ça se fait au cinéma, je devrais pouvoir le faire moi aussi.

Chiclet a bien fait les choses : il me tend un râteau qui fera parfaitement l'affaire. D'après ce que j'ai vu dans un film, il s'agit de frapper fort et à plusieurs reprises au haut de la porte-fenêtre. Les coups répétés devraient faire glisser peu à peu le loquet.

Je m'esquinte comme un maniaque à marteler la porte. Les épaules me brûlent. Le cinéma, ce n'est que de la poudre aux yeux, de l'abus de confiance!

Je donne un dernier coup bien appuyé, avant de me résigner à fracasser la fenêtre de la salle de bains... Miracle! Une pression vers la gauche, et la porte glisse silencieusement!

Le chien est toujours concentré sur son festin. Nous entrons sur la pointe des pieds, le souffle court.

La maison est aussi délabrée à l'intérieur qu'à l'extérieur. Pas de fauteuils, pas de télé, ni de frigo. On n'aperçoit qu'une table et deux chaises dans la cuisine. Des pans entiers de papier peint ont été déchirés ou carrément arrachés des murs.

– Prends la lampe de poche pour faire le tour des chambres. N'oublie pas les armoires et les garde-robes. Moi, j'inspecte la cuisine et le salon. Ensuite, nous descendrons ensemble au sous-sol.

Je n'aime pas trop les sous-sols des maisons que je ne connais pas. Vaut mieux être deux.

Chiclet ne tarde pas à regagner la cuisine.

– Il n'y a rien dans les chambres. Sauf des vieux journaux et ceci... Il est rigolo, tu ne trouves pas ?

Il a découvert un costume froissé, tout à fait semblable à celui de Passe-partout, dans l'émission du même nom. Il y a longtemps que je n'écoute plus cette émission, mais j'en ai gardé un souvenir très précis.

– Rigolo, peut-être, mais ça ne

nous avance guère...

La cuisine n'a pas davantage révélé de secrets. Une cafetière sale et un cendrier débordant de mégots gisent sur la table. Le photographe a oublié son appareil photo sur le comptoir, et plusieurs objectifs.

Chiclet a déjà un pied dehors :

– Ouais, on n'a plus qu'à refermer la porte et à déguerpir au plus vite. Cet endroit me donne la chair de poule.

– J'arrive.

Je ramasse machinalement une sorte de croquis qui traîne sur la table. Il ne sera pas dit que je rentrerai les mains vides...

Tout à coup, dans la nuit silencieuse, un bruit presque imperceptible me cloue sur place. Un bruit de clé ' cherchant la serrure... Il y a quelqu'un à la porte avant!

Un étau m'enserre la poitrine, une

boule dure m'empêche de respirer. La porte s'ouvre. Je n'ai que quelques pas à faire pour me retrouver dehors, mais je n'y arrive pas. Je suis vissé au parquet de la cuisine.

Ils sont deux. Un grand et un petit. Le grand, ce n'est pas le photographe, mais une espèce de brute, aux épaules larges comme ça ! Mais le petit, c'est...

J'ai voulu hurlé, mais aucun son n'est sorti. Juste une espèce de râle silencieux : « Aaah... » Hypnotisé, j'ai levé lentement ma lampe de poche pour mieux voir : le beau cuir noir, les deux grands revers, mon nez en trompette, mon visage constellé de taches de rousseur !

Le petit, c'était moi !... Mon jumeau, mon sosie !

La brute et l'autre « moi » ont hésité un instant, probablement aussi ahuris que moi, puis ils se sont précipités. Rapide comme l'éclair, Chiclet a envoyé valser la lampe de poche au fond de la cuisine en lui décochant un grand coup de pied. Il m'a planté ses ongles dans le bras et m'a tiré dehors avec toute l'énergie dont il était capable. L'heure n'était pas à la délicatesse... Sauve qui peut!

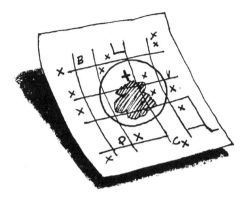

Chapitre 11

Cauchemar

Les deux inconnus se sont élancés à notre poursuite, mais le ciel était avec nous. Il s'était complètement couvert de nuages. Nous avons disparu dans la nuit en faisant le moins de bruit possible. Nous évitions les obstacles sans trop de difficulté : nous connaissions déjà le terrain !

Pas les autres. Ils ont eu des ennuis. Le petit s'est accroché les pieds dans la chaîne du chien, ce qui a déclenché un tonnerre de protestations. Le monstre n'était pas d'humeur à partager son os!

Quant au grand... Il y a eu un raclement, comme un morceau de métal qui glisse sur une dalle de béton, suivi d'un bruit mou, comme celui d'un manche de râteau qui atterrit sans prévenir sur la tronche d'un bandit!... Il s'en est mis un bon coup sur le nez, je pense!

C'est à ce moment-là que les choses se sont gâtées. Les menaces se sont mises à pleuvoir: «... perdez rien pour attendre... botter les fesses, moi... vous bouffer... »

Quelqu'un a dû confisquer le jambon. En tout cas, ils ont lâché le chien. La bête frustrée a foncé sur nous, ventre à terre. Les aboiements, dont l'écho féroce se répercutait dans la nuit, encore et encore, nous ont rendus fous. On a eu si peur d'être dévorés vivants qu'on n'a pas retrouvé la clôture.

On a couru droit vers la rue en priant le ciel pour que le chien ait une attaque. Si la grille avait été fermée, on se serait écrasés et ce monstre nous aurait déchiquetés. Heureusement, elle était ouverte. Nous l'avons franchie à toute vapeur. Puis on a ralenti pour la refermer, en espérant retarder le chien.

Il nous restait juste assez de forces pour courir aux bicyclettes et disparaître à jamais de la rue Chambord.

Trente minutes ! Il nous a fallu trente minutes pour retrouver une température et une respiration normales !

– C'est impossible, un sosie parfait, absolument identique !

– C'est possible, a marmonné

Chiclet. La preuve, c'est qu'on en a vu un !

Je me sentais misérable et stupide. Le roi des imbéciles, c'était moi :

– Il était là sous mon nez, sage comme une image. Je n'avais qu'un pas à faire pour lui sauter à la gorge. Je récupérais ma veste, et l'affaire était réglée.

Chiclet pédalait rageusement :

– Parce que tu crois qu'ils nous auraient laissés faire ? La brute nous aurait assommés d'un seul coup de poing ! Nous n'avions aucune chance.

– Nous avions toutes les chances.

Après un échec aussi total, je voulais au moins avoir le dernier mot. Une sorte de prix de consolation !

Je suis resté longtemps étendu sur mon lit... Comment ai-je fait pour courir aussi vite que Chiclet ?... Je retournais dans tous les sens le papier que j'avais rapporté. Il était sale et froissé. Y avait-il un lien entre ce dessin et mon Perfecto ?

C'était une sorte de plan, traversé d'un fouillis de lignes parallèles. Des rues, peut-être. Mais il n'y avait pas de nom. Juste quatre lettres, B, C, V, P, et de petits « x » disséminés sur le dessin. Le seul élément facilement identifiable était un grand cercle rouge dont le centre était occupé par une tache de café surmontée d'une croix.

Je me suis entêté à fixer le papier, hypnotisé par les quatre lettres, jusqu'à ce que le plan s'embrouille, s'emmêle, et se transforme en église... L'église de la rue des Peupliers, en pierre et très ancienne.

Tout est rouge à l'intérieur, à cause des milliers de bougies qui brûlent dans la nuit... Il y a un prêtre dans le chœur... non, c'est l'agent Martinez ! Il porte une soutane.

D'une main, il tripote sa moustache, de l'autre, il pointe une arme sur moi : « Coupable ! Toutés les preuves sont contré lui. Il faut qu'il soit châtié ! »

Je sens déjà des milliers de petites flammes me dévorer les pieds, les doigts, le cœur...

– Attendez, non... nooooon !

Chapitre 12
Le piège

Malgré le Chat, accouru se pelotonner sur l'oreiller, j'avais passé une nuit épouvantable. J'ai pédalé comme un somnambule, le visage barbouillé d'insomnie, et je suis arrivé en classe épuisé.

Pendant que je m'acharnais sur les opérations les plus élémentaires, les chiffres dansaient sur mon cahier. Les questions tournoyaient dans ma tête.

J'appréhendais la récréation : je ne survivrais pas à la partie de ballon, à ses bousculades et à ses engueulades.

Mais en ouvrant ma case, tout m'est tombé sur la tête : une espadrille, ma boîte de crayons à colorier, mes cartes de hockey, les cahiers, le tire-pois, une vieille pomme... Alors, j'ai vu rouge ! J'ai retiré Gros-Bras de la circulation en le poussant dans une case et j'ai attrapé Chiclet par l'une de ses grandes manches.

– À l'avenir, je t'interdis de toucher à mes affaires ! Si tu remets le nez dans ma case, je te l'écrase ! Même si je dois monter sur une chaise pour cogner !

– Qu'est-ce qui te prend ? Je n'ai touché à rien. Fous-moi la paix avec tes histoires de case !

Sa colère a fait tomber la mienne tout d'un coup. Mais si ce n'était pas lui... qui alors ? Chiclet a hésité un peu.

Il a imperceptiblement baissé la voix :

– Euh... Ce dessin que tu as piqué hier, où est-il ?

– Je l'ai là...

Pendant que je fouillais mes poches, j'ai commencé à comprendre... Je me suis mis à murmurer à mon tour :

– Tu crois que ce sont « eux » ? Ils auraient fouillé dans mes affaires pour récupérer ce bout de papier ?

– Suppose que ce dessin représente vraiment quelque chose... Un conseil, vieux : débarrasse-toi de ça au plus vite !

J'avais une autre idée.

– Hé, la Puce !

Je ne l'avouerais pas, même sous la torture, mais la Puce est la plus futée de la classe.

– J'ai un service à te demander.

Je lui ai tendu le papier sans le déplier :

– Chiclet et moi, nous menons une sorte d'enquête. Nous avons absolument besoin de savoir ce que ce dessin représente. Essaie d'y comprendre quelque chose, mais surtout, ne le montre à personne.

– Pour un service confidentiel, ce sera cinq pétards à mèche... ceux que ton oncle t'a rapportés de Floride.

Je n'avais pas le temps de marchander.

– D'accord.

Elle a filé à son pupitre. On ne l'a plus entendue du reste de l'avant-midi. C'est à peine si, à l'heure du dîner, elle a desserré les lèvres pour avaler son sandwich !

Chiclet, lui, est arrivé au bout du sien en trois bouchées.

– Il n'y avait rien de mangeable dans le frigo, ce matin. Je vais au dépanneur.

J'ai décidé de l'accompagner...

74

Même énorme, une salade reste une salade. On n'a pas fini de se brosser les dents, qu'on a déjà un creux. Mais, dans la cour de l'école, une mauvaise surprise nous attendait :

– Non, mais... Philou, tu as vu ça ? Mes pneus ! Ils sont à plat, complètement dégonflés !

Impossible de l'être davantage : ses pneus étaient tout à fait crevés ; ça crevait les yeux, quoi !

Il a pris ma bicyclette pour aller s'approvisionner. C'est une course d'à peine dix minutes. Je l'attendais pour retourner en classe.

Il n'est pas revenu ! ! ! On ne l'a pas revu de tout l'après-midi ! Disparu, envolé, volatilisé, Chiclet !

J'ai regardé l'heure des centaines de fois. Le temps, il ne passait plus... La classe avait basculé dans l'éternité pour toujours... J'en étais convaincu... quand la fin des cours est arrivée.

J'avais hâte de rentrer. J'étais très en colère contre Chiclet, un peu inquiet aussi. Malgré la chaleur, je marchais rapidement en décochant de grands coups de pied sur tout ce qui se trouvait sur mon chemin. Quelque chose m'agaçait. Je me retournais tous les dix pas.

Au début, je n'ai rien remarqué. Et puis, j'ai vu une fourgonnette grise qui roulait au ralenti, le long du trottoir, trois mètres à peine derrière moi. Pour en avoir le cœur net, je me suis faufilé entre une clôture et un garage, dans une sorte de ruelle.

J'ai jeté un coup d'œil par-dessus mon épaule. Personne. Pour lutter contre une irrésistible envie de courir, j'ai enfoncé les poings dans mes poches, et je me suis mis à siffler en redressant les épaules. Je n'allais quand même pas détaler comme un lapin à cause d'une simple fourgonnette. J'ai aperçu le Chat qui grattait le sol à l'autre bout de la ruelle.

J'avais presque retrouvé mon calme, quand un diable de mascarade, tout en noir et en longueur, a déboulé du garage pour atterrir pratiquement sur le bout de mes chaussures ! J'ai voulu rebrousser chemin. Impossible. Quelqu'un me barrait la route ! Celui-là, je l'ai reconnu tout de suite... c'était la brute ! Chevelue, poilue et ventrue ! Un bout de chaîne rouillée grinçait entre ses mains énormes, larges comme des raquettes de tennis !

Chapitre 13

L'enfer

J'ai résisté. Je me suis débattu.
J'ai appelé au secours... une fois. Le
diable m'a enfoncé une balle de caout-
chouc dans la bouche : « Mmmm... »
Je ne risquais plus d'alerter personne.

Il m'a forcé à reculer pour me pla-
quer le dos au mur du garage. Puis il
y eut un éclair bref. Une lame bril-
lante, dure et froide, a surgi de sa
main. Je me tortillais comme une

anguille, bien décidé à « vendre chère-
ment ma peau ». Mais quand le couteau s'est mis à glisser sur mon cou,
quand il a commencé à me piquer
méchamment sur la gorge, mon cou-
rage a fondu. Mes jambes sont deve-
nues aussi molles que du Jell-O ; j'ai
commencé à glisser contre le mur. Le
diable m'a rattrapé par la ceinture :

– Fais tes prières parce que t'as
fini de nous faire suer !

Sa voix m'a semblé vaguement
familière, humaine en tout cas. Mais
le visage… C'était un visage de
marionnette, lisse et laiteux, avec des
yeux hallucinants cerclés de noir et
des lèvres épaisses, comme deux
croûtes de sang séché. Sur le crâne
trônait une affreuse moumoute, rouge
comme l'église de mon rêve !

La brute s'est approchée.

– On reviendra cueillir l'autre plus
tard. Faut qu'on soit à l'usine dans

vingt minutes...

– Hé, Philou ! Tu sais la nouvelle ?

La voix de casserole, aigrelette, énervante... merveilleuse de la Puce !

Tout le monde a sursauté. En se retournant, la brute a marché sur la queue du Chat. C'est une queue très élégante, toute en grâce et en souplesse, la seule partie du Chat qui soit encore intacte.

La riposte est fulgurante. Le Chat fait entendre un feulement digne d'un tigre. Il se hérisse, du bout des oreilles jusqu'au dernier poil de patte, puis il s'élance. Ses griffes acérées harponnent les épaules de la brute. La chemise à carreaux s'effiloche, des zébrures rouges commencent à barioler le dos poilu. La brute gigote, se déhanche et se contorsionne. C'est la danse du Chat ! La chaîne virevolte dans tous les sens, mais le Chat s'en fout.

Décontenancé, le diable relâche la prise qu'il a sur moi d'un quart de tour. Je relève discrètement le genou, et je lui envoie mon pied entre les deux jambes. « Han ! » Le choc l'a obligé à se recroqueviller. J'ai son menton à portée de la main. Je contracte mon avant-bras au maximum, j'écarte les doigts en forme de coupe et je repousse violemment sa mâchoire. Sa tête bascule vers l'arrière.

Je ramène mon bras devant ma poitrine, puis je le propulse de toutes mes forces vers l'extérieur, en frappant le poignet qui tient le couteau. L'arme, libérée, rebondit sur le garage avant de tomber dans la ruelle, un bon mètre plus loin.

Le diable est débordé : il doit protéger son entrejambe, récupérer son arme, surveiller la Puce... et maudire le Chat !

– Hé, les gars ! hurle la Puce. Par

ici, vite, il y a tout un cirque dans la ruelle, représentation gratuite!

... Mais terminée! Elle est géniale, cette fille! Le Chat se calme. Il abandonne sa proie, qui en oublie sa chaîne. Le diable ramasse son couteau, et m'envoie... au diable, je pense, en me foudroyant du regard! La fourgonnette démarre en faisant hurler ses pneus.

Je voulais cajoler le Chat et remercier la Puce à genoux. Mais j'étais aussi incapable de parler que de bouger : j'avais toujours la balle coincée au fond de la gorge. Je l'ai retirée... Tous les repas que j'avais avalés depuis la veille ont décidé de suivre et de remonter à l'air libre! J'étais malade... et affreusement gêné de l'être devant une fille!

Elle m'a tendu un paquet de mouchoirs de papier.

– Tu as de drôles de copains, dis

donc! Qu'est-ce qu'ils ont pris! Tu as vu son dos, à Cro-Magnon! Une canne de Noël! Il est redoutable, ce chat! Et ton coup de pied!...

Il y a dans sa voix une pointe d'admiration qui me regonfle à bloc.

– Ta diversion n'était pas mal non plus.

– Je suis arrivée au bon moment, n'est-ce pas?

Sans me laisser le temps de répondre, elle enchaîne :

– Est-ce que tout ça a un rapport avec ton enquête?

Je suis tout à fait remis maintenant, et je réponds avec une certaine désinvolture :

– Absolument.

– Qu'est-ce qu'ils voulaient, les deux clowns?

– M'emmener, je pense.

Elle est suffoquée, la Puce; elle a besoin d'une minute pour récupérer.

– Tu veux dire qu'ils voulaient t'enlever ? Te kidnapper ?

– Ils voulaient Chiclet aussi.

– Oh, Chiclet ! C'est ce que je voulais te dire : Chiclet, il a eu un accident !

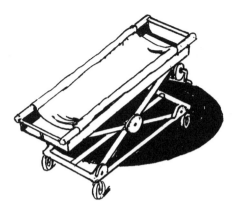

Chapitre 14

Rue des Bouleaux

L'orage qui menaçait depuis la veille s'est abattu sur la ville avec presque autant de fureur que le Chat sur la brute.

Nous avons enlevé nos chaussures en entrant chez Chiclet. Nous avons quand même laissé de petites flaques d'eau un peu partout sur le parquet.

La voix de Chiclet se traîne jusqu'à nous, en provenance du salon.

Une voix de gastroentérite, de corvée à finir, d'échec en math...

– Par ici...

Poil de chat! Il manque une jambe à son pantalon, il a un gros pansement sur la cuisse, et d'autres, plus petits, un peu partout, mais surtout du côté droit.

– Je croyais qu'on était copain, se plaint-il aussitôt. Tu parles d'un «chum»...

– Qu'est-ce qui s'est passé?

– Tu ne pouvais pas le dire que ton «carrosse» n'avait pas de freins! J'ai failli me tuer dans la côte Sainte-Anne, voilà ce qui s'est passé.

– Pas de freins? Mon vélo était en parfait état ce matin. D'ailleurs, comment est-il maintenant, mon vélo?

Cette fois, Chiclet éclate. L'orage a envahi le salon.

– Je fais un saut de la mort de dix mètres; je pisse le sang par une entaille de quinze centimètres; je suis écorché vif et couvert de bleus, et monsieur s'inquiète pour son vélo!

– Excuse-moi, vieux. Je voudrais juste comprendre... Il allait tout à fait bien ce matin... Comment es-tu rentré?

– C'est un passant qui m'a ramassé à la petite cuillère. Ils m'ont fait trente points de suture, à l'hôpital.

La Puce, qui s'était éclipsée depuis un moment, revient se mêler à la conversation.

– Excuse-nous une minute. Philou, j'ai quelque chose à te montrer, déclare-t-elle en m'entraînant dehors.

– Des pneus qui démissionnent et des freins qui capotent, c'est trop à mon avis. Regarde ta bicyclette... les câbles des freins, ordonne-t-elle.

La Puce avait raison : les câbles ont été sectionnés d'un coup de cisaille bien net. Les salauds!

– Tout s'explique. Un : ils ont saboté nos bicyclettes pour nous forcer à rentrer à pied. Deux : ils voulaient nous avoir tous les deux. Trois : ils ne connaissaient pas l'appétit de Chiclet ni tes qualités d'actrice !

Lorsque nous sommes retournés au salon, Chiclet a voulu savoir ce que nous complotions. Son accident l'avait rendu susceptible. On lui a tout raconté : le sabotage et mon enlèvement raté. J'ai passé sous silence ma propre trouille. J'ai un peu escamoté l'efficacité du Chat et celle de la Puce pour insister sur ma stratégie de défense. Mais dans l'ensemble, le récit était exact.

– Écoute, Philou, a déclaré Chiclet, je n'ai pas envie de me retrouver handicapé pour un Perfecto, même le tien. Va voir cet agent Martinez... Les vélos, mon accident, ton agression, ce sont des preuves...

– Et moi, je suis témoin, a ajouté la Puce. Je peux tout confirmer.

C'était la seule chose à faire. J'ai commencé à préparer mentalement la déclaration que je ferais à l'agent Martinez. Un silence lourd pesait sur le salon. Il pleuvait toujours. La Puce a rattaché une de ses couettes. Elle a des cheveux très blonds, tout pleins de lumière, même sous la pluie. Chiclet s'absorbait dans la contemplation de l'écran de télévision dont il avait coupé le son.

Quelque chose, soudain, a attiré son attention. Il s'est redressé brusquement :

– Aïe, ma cuisse… Il se passe quelque chose. Vite, la télécommande !

Une civière a envahi l'écran. Gros plan sur la civière : une vieille femme y est allongée. Un escalier, une maison, une rue défilent sur l'écran. La caméra revient vers la civière

pendant que l'annonceur explique :
«Une octogénaire habitant la rue des
Bouleaux, dans le quartier du Boisé,
a été agressée tôt ce matin, en sortant
de chez elle. Une amie de la dame
a déclaré que la victime avait l'habitude de porter tous ses bijoux pour
sortir, parce qu'elle se méfiait des
autres pensionnaires de la résidence.
Selon une première estimation, la
valeur des bijoux volés s'élèverait à
plus de 10 000 $!

La victime, qui souffre d'une frac-
ture à la hanche, a donné un
signalement précis de son agresseur :
il s'agirait d'un jeune homme roux,
portant une veste de cuir noir. »

Chapitre 15

Le plan

Chiclet a éteint le téléviseur. Je continuais bêtement de fixer l'écran vide. J'étais un poisson rouge enfermé dans un verre d'eau.

– C'est bizarre, murmure la Puce. La rue des Bouleaux, tous ces petits « X »...

Chiclet et moi la dévisageons comme si elle parlait martien.

– Le plan que tu m'as remis ce

matin…, poursuit-elle, en retournant ses poches une à une. Ah! le voilà… À mon avis, il s'agit d'un plan et les lettres représentent différents secteurs de la ville. C pour le parc de la Colline, P pour le quartier des Presses, V pour centre-ville et B pour…

– … le Boisé!

Pourquoi n'y avais-je pas pensé moi-même? La Puce a déplié le plan.

– Chiclet, as-tu une carte de la ville?

Pendant que Chiclet quitte le salon à petits pas hésitants, j'examine le plan. Il y a plusieurs petits « x » regroupés autour de la lettre B. J'en identifie deux sur-le-champ : le premier coupe la rue des Peupliers, l'autre traverse la rue… des Bouleaux!

– C'est ça! s'exclame la Puce. Les autres « x » indiquent où les bandits ont l'intention de frapper.

– Reste à identifier le cercle rouge qui entoure la tache brunâtre surmontée d'une croix. Une église, probablement.

La Puce n'est pas de mon avis :

– Je ne crois pas, rétorque-t-elle.

Nous avons étalé la carte de la ville par terre, en quête d'une croix, quelque part à l'est du quartier des Presses.

– C'est bien ce que je croyais, déclare la Puce. Il n'y a aucune église dans ce secteur. La seule croix que je connaisse se trouve sur la tour de l'ancienne pulperie.

Chiclet connaissait l'endroit :

– La pulperie, c'est cette vieille usine qui sert d'entrepôt en attendant qu'on la démolisse ou qu'on la transforme en site touristique.

J'ai bondi.

– Une usine ? La brute a parlé d'une usine. C'est même là qu'ils voulaient m'emmener !

– C'est sûrement leur quartier général, affirme la Puce, au comble de l'excitation. Si nous pouvions aller voir nous-mêmes...

– Pourquoi on ne pourrait pas ?

J'étais tout à fait décidé. J'avais même un plan.

– Vous êtes fous ! proteste Chiclet. Ces gens-là ne rigolent pas...

– Il s'agit de jeter un coup d'œil, tout simplement. Ils ne me verront même pas.

– Pas question que tu y ailles seul, déclare la Puce. *Nous* irons... je t'accompagne.

– Si c'est comme ça, j'y vais aussi. Je ne vais pas me morfondre devant mes points de suture pendant que vous cavalez vers un repaire de bandits. Vous aurez besoin de moi et puis, trois témoins, c'est encore mieux que deux.

– Tu ne pourras pas nous suivre, avec ta blessure.

– Qu'est-ce que vous pariez ? De toutes façons, il faut prendre l'autobus pour s'y rendre, alors...

Chiclet était déjà debout, à la recherche de sa fronde :

– Mais cette fois, Philou, il faut *tout* prévoir.

Chapitre 16

La pulperie

Il était environ dix-huit heures lorsque nous nous sommes retrouvés sous l'abribus situé le plus près de chez Chiclet.

Nous avions fait le plein de provisions et bourré nos sacs à dos d'armes légères. J'avais même eu le temps d'effectuer une course urgente.

Chiclet écoutait tambouriner la pluie sur les fenêtres de l'autobus.

De mon côté, j'étais aux aguets et je surveillais les passagers du coin de l'œil. La Puce papotait sans arrêt. Découragée par notre mutisme, elle s'était rabattue sur les panneaux-réclames qu'elle commentait à voix haute.

Nous avions convenu de gagner l'ancienne pulperie en longeant la rivière, afin d'éviter la route... et les mauvaises surprises.

La rivière bondissait entre les cascades, mais elle ne charriait plus de bois depuis quarante ans. Nous avons rapidement atteint le rocher qui, autrefois, servait de point d'ancrage pour les estacades qui retenaient le bois. Puis, nous sommes arrivés près du pont de fer.

Quand l'usine fonctionnait, les billes de bois arrivaient par la rivière; elles entraient dans l'usine sur des tapis roulants, des convoyeurs, pour y être transformées en pâte. Ensuite, la pâte quittait l'usine par le chemin de fer. Nous avons donc suivi les rails jusque dans la cour de l'usine.

La camionnette y était. La moto aussi. Et même la brute, qui s'affairait à transporter des caisses dans le grand hangar communiquant avec l'usine.

Nous nous sommes dissimulés derrière un bouquet d'arbres rabougris. Chiclet a éternué, à cause de la pluie. Nous étions sur le qui-vive. La Puce a sorti son pistolet à eau chargé au vinaigre.

– Il suffit de viser juste, a-t-elle murmuré. Il a intérêt à ne pas s'approcher.

Mais l'homme n'avait rien entendu. Il a ouvert une bouteille de bière et s'est installé au volant de la camionnette pour boire un coup.

C'était le moment. Nous nous sommes faufilés dans le hangar, en marchant sur la pointe des pieds. Ce qui n'a pas empêché une colonie de chauves-souris qui dormaient la tête en bas de s'affoler... Leurs petits cris aigus ont alerté la brute.

Nous nous sommes réfugiés en catastrophe derrière une pile de boîtes. Je ne sais plus ce que je désirais le plus : que l'homme ne nous ait pas vus ou que les chauves-souris ne soient pas des chauves-souris vampires !

Bière à la main, l'homme est venu jeter un coup d'œil dans le hangar. Puis il est reparti... en fermant les portes derrière lui ! On a entendu du bruit : celui de chaînes qu'on cadenasse ! Nous étions enfermés !

Moment de panique ! Un peu de lumière filtrait par la toiture et les grilles d'aération. C'est le Chat qui, le premier, a découvert une porte à l'autre bout du hangar. Elle n'avait pas de poignée.

– Une porte, ça s'ouvre toujours, sinon ce n'est pas une porte, a décidé Chiclet. Il doit y avoir un bouton, une manette, quelque chose...

Il y avait deux verrous : Chiclet a fait glisser celui du haut, j'ai poussé celui du bas. Nous nous sommes retrouvés dans un corridor très sombre, percé de plusieurs autres portes. L'une d'elles était entrebâillée : on a jeté un coup d'œil. Des fils traversaient la pièce d'un mur à l'autre ; des photos étaient suspendues aux fils.

– Le studio du photographe, a conclu Chiclet.

Nous nous enfoncions de plus en plus dans les entrailles de l'usine, les yeux exorbités pour voir dans le noir. J'avais trouvé un bâton que j'agitais devant moi comme font les aveugles...

Nous atteignons bientôt une grande salle occupée par une immense cuve et une citerne haute d'au moins cinq mètres. Il y flotte encore de vagues odeurs d'huile à moteur et d'œuf pourri. C'est probablement la salle où l'on cuisait la pâte. Au fond de la salle, un voyant rouge annonce « Sortie/Exit ».

Nous pressons le pas. Nous contournons la cuve. Soudain, deux tisons rougeoient dans la pénombre !

– Qui va là ? Qu'est-ce qui se passe ici ? Aïe ! Aïe !

La Puce a actionné son pistolet et visé juste. Chiclet ne perd pas une seconde : il allonge sa jambe valide dans un croc-en-jambe bien calculé. L'un des tisons dégringole. Je déroule la corde que j'avais passée à ma ceinture. Sa cigarette n'est même pas encore éteinte, que le type est déjà ficelé comme un saucisson.

La Puce n'a pas perdu de temps. Elle s'est attaquée au deuxième tison à coups de mousse à raser et de peinture verte. Chiclet s'efforce de répéter le coup du croc-en-jambe, mais sans succès. J'arrive à la rescousse avec mon bâton d'aveugle. Je fonce dans quelque chose de mou... l'homme se plie en deux en tendant les mains. Chiclet étire sa grande carcasse et agrippe une main. Pour se dégager, le type se projette en arrière d'un brusque coup de reins.

Il y a un escalier sous le voyant « Sortie/Exit »... L'homme s'y engouffre à reculons, et en quatrième vitesse !

Au moment où il atteint la dernière marche, une lumière blafarde envahit l'escalier. Dominant le tas de guenilles écroulé à ses pieds, un inconnu nous fait face :

– Face au mur, tous les trois ! La récréation est terminée !

Chapitre 17

Le quartier général

Ils nous ont lié les mains dans le dos avec ma propre corde !

La première chose que nous avons aperçue, c'est un long convoyeur, celui-là même qui, autrefois, transportait le bois entre la rivière et l'usine.

Toutes les fenêtres avaient été soigneusement barricadées, mais la pièce, haute d'au moins trois étages, était violemment éclairée.

Une grande carte de la ville s'étalait sur un mur. On avait peint les différents quartiers et piqué des épingles de couleurs assorties. Le plan...

– Par ici, a ordonné l'inconnu. Permettez-moi de satisfaire votre curiosité.

Il avait une voix de catacombes qui nous a figés sur place. On nous a poussés. Je me suis retourné. Déficelé, le photographe souriait méchamment. Son copain, le tas de guenilles, était un homme d'âge mûr. Il ne devait pas être fort en dictée parce qu'il avait manqué de vitamines : il n'était pas plus grand que moi !

– Voici notre coffre-fort, mieux encore, notre chambre forte, déclamait le chef. C'est ici que nous entreposons le fruit de notre travail, avant de l'écouler aux quatre coins du pays : billets de banque provenant de dépanneurs et de guichets automatiques, bijoux fournis par de vieux richards, tableaux provenant de collections privées, appareils électroniques confisqués à des bourgeois insignifiants. Mais ce n'est qu'un début : bientôt, des sommes fantastiques afflueront ici, grâce à des enlèvements spectaculaires, suivis de rançons tout aussi spectaculaires !

Ce fou nous a ensuite entraînés vers un bureau équipé d'un ordinateur. Il y avait aussi une table à dessin et, au fond de la pièce, une série de mannequins de bois. Mon Perfecto ! Il était là, en compagnie d'une douzaine d'autres costumes. Juste au-dessus, sur la tête du mannequin, j'ai reconnu mon « sosie » ! Un masque de latex, parsemé de taches de son et coiffé d'une perruque rousse !

Tous les vêtements avaient leur propre masque caoutchouteux, flasque, grotesque. Il y avait même celui du diable, affublé de sa perruque flamboyante.

– Et maintenant, qu'on les attache !

En moins de deux, nous étions solidement arrimés, sur le dos et à la queue leu leu, au tapis du convoyeur. Celui-ci s'est mis à ronronner. Une trappe s'est ouverte à l'autre bout : le convoyeur plongeait directement dans la rivière.

– Bonne baignade ! a hurlé le fou. Quand vous aurez assez trinqué, on vous repêchera et on ira jeter vos cadavres dans les cascades. Tout le monde croira à une noyade. Les jeunes sont si téméraires ! Ha ! ha ! ha !

Nous avons commencé à descendre. Centimètre par centimètre, la rivière se rapprochait, de plus en plus large, de plus en plus noire.

La Puce a perdu les pédales. Elle s'est mise à hurler :

– Rouge, rouge, rouge !

Le chef lui a balancé un direct en plein visage. Le salaud ! La Puce a cessé de crier. Elle a commencé à sangloter doucement.

Moi, j'avais les yeux secs, les lèvres sèches, la gorge sèche. Mais j'avais les mains moites, collées au tapis qui roulait, maille après maille, vers cette nuit sans fin qui nous appelait en grondant.

J'étais tout à fait immobile. Je regardais bouillonner la rivière, de plus en plus près, de plus en plus fort. Les embruns s'engouffraient par la trappe. Ils aspergeaient le tapis ; ils ont humecté mes chaussures, puis mon jeans. C'était comme un plongeon au ralenti, long, cruel, interminable, éternel peut-être.

Je n'avais pas vraiment peur : j'étais peut-être déjà un peu mort...

Je pensais aux dictées de

Mᵐᵉ Lefrançois, au pâté d'aiglefin de maman, à la Puce qui n'avait pas encaissé ses pétards.

Le Chat s'était installé près de la trappe, sur la rampe du convoyeur. Il a longtemps observé la Puce pendant qu'elle avait sa crise de nerfs. Puis il s'est détourné. Il a reporté toute son attention sur une poutre transversale.

Quelque chose a bougé : un mulot ou une souris. Le Chat fixe obstiné-ment la poutre. Il se concentre. Puis il bondit. Il a raté la poutre ! Mais dans sa chute, il se raccroche à une grosse poignée... rouge ! L'alarme à incendie !

Une sirène rugit. Des paquets d'eau déboulent du plafond. L'obscu-rité est totale. Privé d'électricité, le convoyeur s'est arrêté. Je vais quand même mourir noyé : il y a un gicleur au-dessus de moi, je reçois toute la flotte en plein visage.

– Arrêtez cette sirène !

– Mais où est-elle ?

– Fermez le coffre-fort !

– Où sont les lampes de poche ?

C'est la panique chez les truands. Le chef s'est écroulé sur son ordinateur en gémissant :

– Mon centre de contrôle ! Mes sosies parfaits ! Toute ma fortune ! Mon œuvre... Arrêtez ce déluge, bande de minables !

Brusquement, dominant le tumulte, les cris et les sanglots, un ordre fuse :

– Haut les mains, là-dedans. Qué personne né bouge !

Chapitre 18

Perfecto !

Les policiers ont arrêté la sirène. Ils ont coupé l'alimentation en eau et fermé la trappe. Ils ont menotté les bandits à la lueur des lampes de poche. Ensuite, ils nous ont détachés.

La Puce était tellement mouillée qu'on ne voyait pas ses larmes. Son œil, par contre, on le voyait très bien : il avait commencé à se boursoufler et virait rapidement au noir...

Le pansement de Chiclet était en lambeaux. Mêlé à l'eau, le sang faisait de longues traînées visqueuses qui coulaient sur sa jambe.

– Emmenez-les d'abord à l'hôpital, a ordonné l'agent Martinez. Jé les verrai plus tard.

Un policier a soulevé la Puce et l'a emportée... elle est légère, la Puce. Un autre a pris Chiclet par la taille, pour le soutenir et l'aider à marcher.

Moi, j'étais trempé comme une lavette, mais je n'avais besoin de personne pour m'aider. J'ai marché à l'aveuglette jusqu'à la rangée de mannequins.

J'ai tâtonné un peu, avant de le trouver. Il était humide, mais il n'avait pas trop souffert de l'aventure :

– Ce Perfecto, il est vraiment à moi, vous savez...

– Je sais, fiston.

À l'hôpital, on a refait le pansement de Chiclet. Le docteur a promis que le prochain, il le lui ferait en béton armé! Une infirmière a appliqué une véritable banquise sur l'œil de la Puce. Ça lui cachait la moitié du visage. Mais l'autre moitié lui suffisait amplement pour s'exprimer :

– Si le Chat n'avait pas déclenché l'alarme à incendie, nous auriez-vous trouvés, monsieur Martinez?

– Bien sûr, nous étions sur les lieux. Mais on aurait sans doute mis plus de temps, ce qui, jé l'avoue, aurait pu être catastrophique pour vous trois.

Le Chat... il n'était pas venu à l'hôpital. Ou il était déjà reparti... Qui sait? Il a tant de mulots à apprivoiser!

– Mais comment avez-vous su, pour l'usine?

Elle veut tout savoir, la Puce.

– Eh bien, j'ai eu dé l'aide. Celle dé Philou.

Tous les regards se sont tournés vers moi. L'agent Martinez a sorti de la poche de son uniforme une enveloppe... Celle que j'étais allé porter de toute urgence au poste de police, juste avant de me rendre à l'abribus. J'avais rédigé à la hâte la liste de mes ennuis. J'avais glissé le plan dans l'enveloppe en y indiquant où nous nous rendions, sans oublier le petit morceau de latex qui m'était resté dans la main au cours de ma bataille avec le diable. J'avais suivi à la lettre le conseil de Chiclet : j'avais tout prévu !

– Perfecto ! Jé dois vous féliciter pour votré perspicacité et votré audace. Mais que je ne vous y réprenné plous : les enquêtes, c'est *mon* travail !

Après les remontrances de l'agent Martinez, il a fallu affronter celles des parents, celles de Mme Lefrançois, celles de Mme Millefeuille, celles de la ville entière.

Mais, le lendemain matin, on a eu notre photo en première page du journal !

Cette fois, c'est un vrai photographe professionnel qui nous a pris en photo : il avait son propre blouson de cuir !

Fin